Diseño de la colección: Carla López Bauer

Edición: Llanos de la Torre Verdú

© Del texto: Pepe Maestro
© De las ilustraciones: Valeria Gallo
© De esta edición: Editorial Luis Vives, 2009
   Carretera de Madrid, km. 315,700
   50012 Zaragoza
   teléfono: 913 344 883
   www.edelvives.es

ISBN: 978-84-263-7178-2
Depósito legal: Z. 2983-09

 Talleres Gráficos Edelvives (50012 Zaragoza)
Certificado ISO 9001
Printed in Spain

COLECCIÓN
COLORÍN
COLORADO

El traje nuevo del emperador

Texto
Pepe Maestro

Ilustración
Valeria Gallo

ÉRASE UNA VEZ

UN EMPERADOR TAN PRESUMIDO
QUE ÚNICAMENTE PENSABA EN SU ROPA.
TODA SU FORTUNA LA GASTABA EN VESTIDOS
NUEVOS Y ELEGANTES.

TENÍA UN TRAJE PARA CADA HORA DEL DÍA,
UN TRAJE PARA CADA MOMENTO
Y UN TRAJE PARA CADA SITUACIÓN.

SI LE DOLÍA LA CABEZA, UN VESTIDO NUEVO;
SI QUERÍA GALLETITAS, UN VESTIDO NUEVO;
SI SONABA LA CAMPANA EN LA TORRE,
UN VESTIDO NUEVO.

SE PASABA HORAS Y HORAS EN EL VESTIDOR.

SI UN MINISTRO PREGUNTABA POR ÉL, SIEMPRE LE DECÍAN:

—¡EL EMPERADOR... ESTÁ EN EL VESTIDOR!

SI ERA UN GENERAL LE CONTESTABAN:

—¡EL EMPERADOR... ESTÁ EN EL VESTIDOR!

TODOS ESCUCHABAN SIEMPRE LA MISMA RESPUESTA:

—¡¡¡EL EMPERADOR... ESTÁ EN EL VESTIDOR!!!

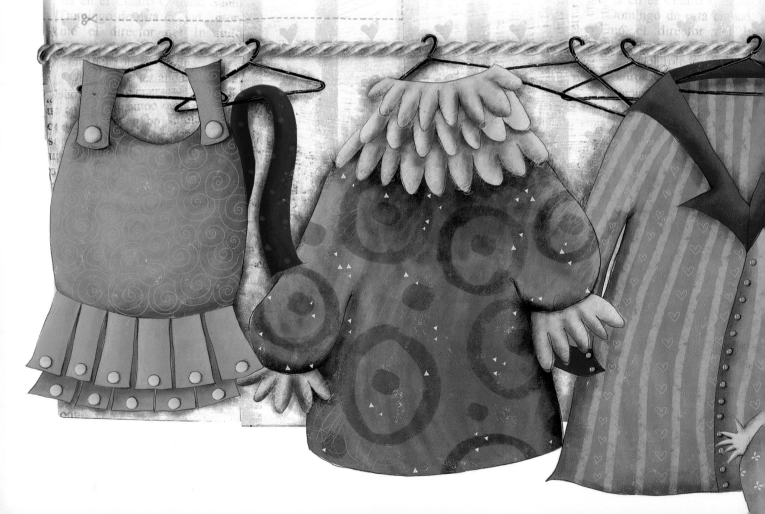

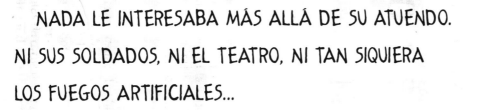

NADA LE INTERESABA MÁS ALLÁ DE SU ATUENDO.
NI SUS SOLDADOS, NI EL TEATRO, NI TAN SIQUIERA
LOS FUEGOS ARTIFICIALES...

UN DÍA SE PRESENTARON DOS PÍCAROS DISPUESTOS
A ENGAÑAR AL MISMO EMPERADOR.

SE HACÍAN PASAR POR SASTRES Y ASEGURABAN
QUE PODÍAN TEJER EL VESTIDO MÁS HERMOSO
NUNCA VISTO. PERO, SOBRE TODO, POSEÍA
UNA PROPIEDAD MÁGICA Y ÚNICA EN EL MUNDO:

    —ESTE TRAJE, MAJESTAD, SOLAMENTE PODRÁ SER VISTO
POR PERSONAS INTELIGENTES. SERÁ TOTALMENTE
INVISIBLE PARA LOS TONTOS, PARA LOS NECIOS
Y PARA LOS IGNORANTES EN GENERAL...

    CUANDO EL EMPERADOR OYÓ ESTAS PALABRAS
SE QUEDÓ PATIDIFUSO Y FARFULLÓ:

    —RÁPIDO, DADLES TODO LO QUE PIDAN.
¡QUIERO ESE TRAJE PARA MÍ, INMEDIATAMENTE!

TRAS RECIBIR UNA GRAN CANTIDAD DE MONEDAS
DE ORO, LOS DOS GRANUJAS MONTARON UN TELAR
EN PALACIO Y FINGIERON TRABAJAR.

PARECÍA QUE SUS MANOS SOSTUVIERAN UNA TELA:
LA MEDÍAN, LA CORTABAN Y LA ATRAVESABAN
CON UNA AGUJA Y UN HILO INVISIBLES.

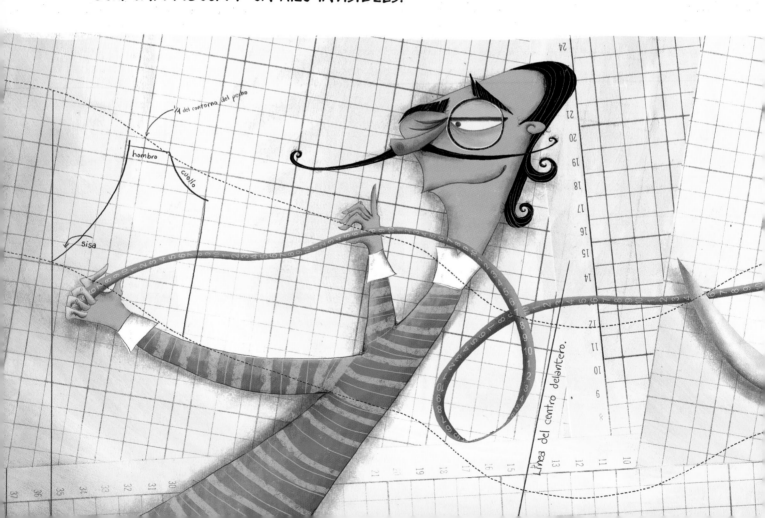

A VECES RECLAMABAN CON VOZ APURADA:

-NECESITAMOS MÁS HILO DE ORO Y UNA MADEJA

DE LA SEDA MÁS FINA QUE PODÁIS CONSEGUIR.

AL MOMENTO, LOS CRIADOS DEL REY

LES ENTREGABAN TODO LO QUE PEDÍAN

Y ELLOS SE APRESURABAN A ESCONDERLO.

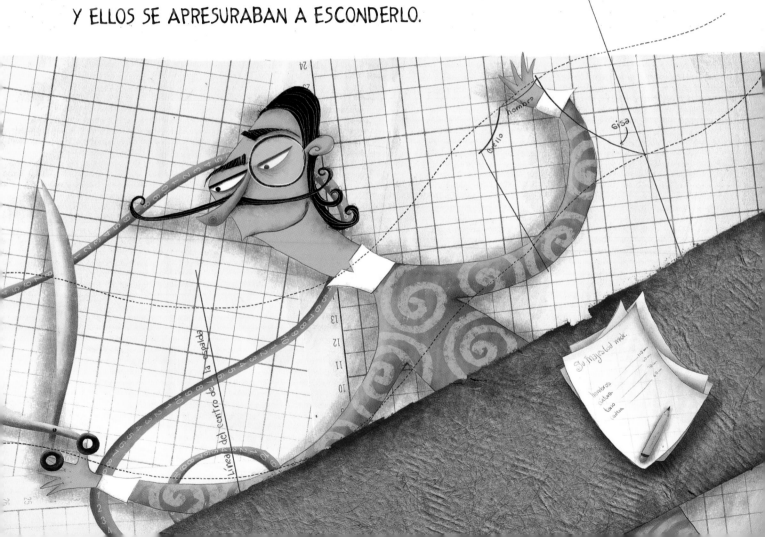

EL EMPERADOR ESTABA CADA VEZ MÁS NERVIOSO.
NECESITABA SABER CÓMO IBAN SUS ROPAS Y PENSÓ
QUE LO MEJOR SERÍA ENVIAR A ALGUIEN PARA AVERIGUARLO.
RECORDÓ QUE EL TRAJE ERA INVISIBLE PARA LOS TONTOS,
PARA LOS NECIOS Y PARA LOS IGNORANTES EN GENERAL,
ASÍ QUE DECIDIÓ QUE FUERA SU PRIMER MINISTRO.

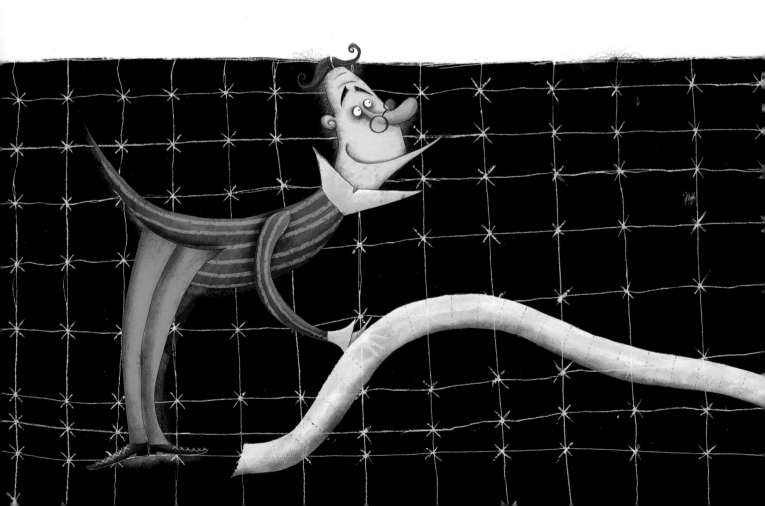

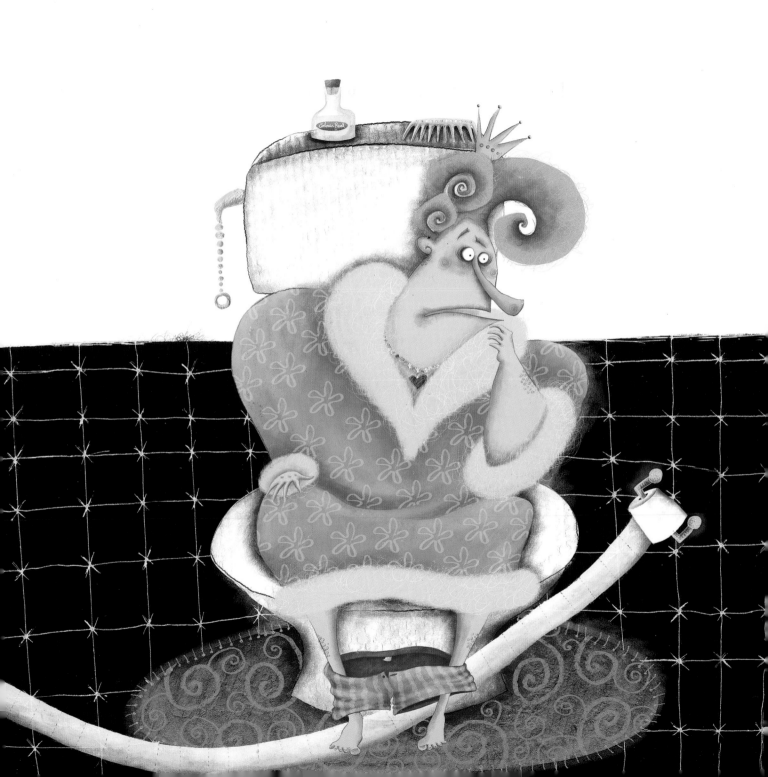

AL ENTRAR EN EL TALLER, EL MINISTRO SE ESPANTÓ,
«¡SI NO VEO NADA!». ABRIÓ MUCHO LOS OJOS, PERO SÓLO VIO
EL TELAR VACÍO. LOS SASTRES, MOVIÉNDOSE COMO SI COSIERAN,
LE PREGUNTARON SI NO ENCONTRABA MAGNÍFICOS LOS COLORES.

EL POBRE HOMBRE SEGUÍA SIN VER COSA ALGUNA.

–¿NO DECÍS NADA DEL VESTIDO?

EL MINISTRO, QUE NO QUERÍA QUE LO TOMARAN
POR TONTO, SE ACLARÓ LA GARGANTA Y DIJO:

–¡QUÉ TRAJE TAN DESPAMPANANTE!
¡DESDE LUEGO ES MUY ELEGANTE!

EL PRIMER MINISTRO SALIÓ MUY ASUSTADO
DEL TALLER Y CORRIÓ A DECIRLE AL EMPERADOR
LO MARAVILLOSO QUE ESTABA QUEDANDO
SU NUEVO TRAJE.

LOS TUNANTES APROVECHARON ENTONCES
PARA PEDIR MÁS DINERO, MÁS ORO, MÁS SEDAS...
¡Y VAYA SI LO CONSIGUIERON!

POCO DESPUÉS, EL EMPERADOR ENVIÓ A SU MEJOR
CONSEJERO PARA INSPECCIONAR EL TRABAJO
Y A ÉSTE LE OCURRIÓ LO MISMO QUE AL MINISTRO:
NO VIO NADA Y TUVO MIEDO A PASAR POR NECIO;
DE MODO QUE REPITIÓ AL EMPERADOR
LO QUE HABÍA OÍDO AL PRIMERO:

–¡QUÉ TRAJE TAN DESPAMPANANTE!
¡DESDE LUEGO ES MUY ELEGANTE!

EL EMPERADOR SE MORÍA DE IMPACIENCIA
ESPERANDO EL MOMENTO DE VER SUS ROPAS.
    POR FIN, UNA MAÑANA LE ANUNCIARON
LA BUENA NUEVA:
    —MAJESTAD, VUESTRO TRAJE ESTÁ ACABADO.
CUANDO GUSTÉIS...

NADA MÁS PASAR A LA SALA, COMPROBÓ QUE ERA INCAPAZ
DE VER TRAJE ALGUNO.

-MAJESTAD, ¿NO OS PARECE ALGO NUNCA VISTO...?

EL EMPERADOR, QUE NO QUERÍA QUE LO TOMARAN
POR TONTO, SOLAMENTE ACERTÓ A DECIR:

   –¡QUÉ TRAJE TAN DESPAMPANANTE!
¡DESDE LUEGO ES MUY ELEGANTE!

   DE INMEDIATO, TODOS GRITARON:

   –¡QUÉ TRAJE TAN DESPAMPANANTE!
¡DESDE LUEGO ES MUY ELEGANTE!

LA NOTICIA DEL EXTRAORDINARIO TRAJE
CORRIÓ POR LA CIUDAD Y PRONTO TODO EL MUNDO
ESTABA DESEANDO ADMIRARLO.

FUE TANTO EL ALBOROTO QUE SE DISPUSO HACER
UNA PROCESIÓN DONDE EL EMPERADOR ESTRENARA
SU ATUENDO. ESE DÍA, EL GENTÍO SE AGOLPABA ANTE
LAS PUERTAS DE PALACIO. DENTRO, EL EMPERADOR
SE DEJABA HACER LOS ÚLTIMOS RETOQUES.

CUANDO SE ABRIERON LAS PUERTAS DE PALACIO, LA MUCHEDUMBRE
ENMUDECIÓ AL CONTEMPLAR A SU EMPERADOR.

NADIE SE ATREVÍA A DECIR LO QUE TODOS VEÍAN.

EL EMPERADOR ESTABA DESNUDO. NO LLEVABA NINGÚN TRAJE.

SE MIRABAN UNOS A OTROS Y PROCLAMABAN:

-¡QUÉ TRAJE TAN DESPAMPANANTE! ¡DESDE LUEGO ES MUY ELEGANTE!

-POR SUPUESTO... ¡QUÉ TRAJE TAN DESPAMPANANTE!

¡DESDE LUEGO ES MUY ELEGANTE!

EL EMPERADOR DESFILÓ UN BUEN RATO HASTA QUE, DE PRONTO,
EN MEDIO DEL TUMULTO, SE ALZÓ LA VOZ DE UNA NIÑA QUE DECÍA:
—¡MIRAD, EL EMPERADOR VA DESNUDO! ¡NO LLEVA ROPA!
TODOS COMPRENDIERON QUE TENÍA RAZÓN Y COMENZARON
A BURLARSE DE ÉL. EL EMPERADOR, SIN SABER BIEN QUÉ HACER,
SIGUIÓ DESFILANDO DESNUDO CON GRAN PAVONEO.

EL PUEBLO, RIÉNDOSE CADA VEZ MÁS DE AQUEL MONARCA
TAN PRESUMIDO, LE DECÍA A SU PASO:
–¡QUÉ TRAJE TAN DESPAMPANANTE! ¡DESDE LUEGO ES MUY ELEGANTE!

Y COLORÍN COLORADO,
ESTE CUENTO
SE HA ACABADO.